SUCCESSION BOYARD

PARIS

TYPOGRAPHIE GEORGES CHAMEROT

19, rue des Saints-Pères, 19

CATALOGUE

DES

TABLEAUX

DESSINS, AQUARELLES

DÉPENDANT DE LA SUCCESSION DE

M. BOYARD

DONT LA VENTE, EN VERTU D'ORDONNANCE DE RÉFÉRÉ, AURA LIEU

HOTEL DES VENTES, 9, RUE DROUOT

SALLE N° 3

Le Mercredi 28 Mai 1884, à trois heures et demie

COMMISSAIRE-PRISEUR

M. MACIET, 165, rue Saint-Honoré.

EXPERTS

MM. TEDESCO Frères, 24, avenue de l'Opéra

CHEZ LESQUELS SE DISTRIBUE LE CATALOGUE

EXPOSITION

LE MARDI 27 MAI, DE UNE HEURE A CINQ HEURES

CONDITIONS DE LA VENTE

Elle sera faite expressément au comptant.

Les acquéreurs paieront *cinq pour cent* en sus du prix d'adjudication.

L'exposition mettant le public à même de se rendre compte des objets, aucune réclamation ne sera admise, une fois l'adjudication prononcée.

TABLEAUX MODERNES

DUPRÉ (Jules)

1. — Le Gué.

Un troupeau de vaches traverse une rivière;
sur la rive gauche, de grands arbres se profilent
en magnifiques silhouettes sur un ciel gris
d'une surprenante finesse.

A l'horizon, des collines boisées s'étendent à
perte de vue ; le soleil darde ses rayons écla-
tants de lumière sur le groupe des vaches dont
il fait valoir les brillantes couleurs et les vigou-
reuses oppositions de tons.

Les verts des terrains du premier plan et
du monticule d'où s'élèvent les grands arbres
sont d'une splendide coloration.

C'est une œuvre capitale et à la fois une
des plus belles pages du maître.

Elle a figuré à l'Exposition triennale.

Hauteur : 0ᵐ,89. — Largeur : 1ᵐ,16.

DUPRÉ (Jules)

2. — Le Ravin.

Étude d'après nature traitée avec une ampleur de touche, une virilité et une intensité de couleur qui défient toute comparaison. Des ormes ombragent le ravin profondément creusé entre deux parois abruptes et parsemées de roches moussues ; le feuillage tranche en noir, sur un ciel bleu chargé de nuages gris teintés de rose, enfermant le paysage comme ferait une magnifique coupole de cuivre.

Hauteur : 1ᵐ. — Largeur : 0ᵐ,82.

3. — L'Étang.

Le temps est à l'orage, de sombres nuages couvrent le ciel ; à travers leurs masses opaques quelques rayons lumineux jettent leur clarté crépusculaire sur l'étang, moirant la nappe d'eau de cercles argentés mêlés de cercles noirs.

Quelques vaches s'abreuvent au bord de l'étang, un pêcheur accroupi dans une barque s'apprête à lancer ses filets.

Plus loin, un chêne dessine sa silhouette majestueuse sur le ciel, à droite une maison couverte de chaume apparaît sur une élévation de terrain, plus loin encore des coteaux bleus s'estompent sur la ligne d'horizon.

Une poésie pénétrante se dégage de cette toile, remarquable surtout par la magistrale beauté de la composition.

Hauteur : o^m,55. — Largeur : o^m,65.

4. — Le Vieux Chêne.

L'arbre géant, au port bizarre, à l'écorce âpre et rude, au feuillage sombre, élève son front superbe vers le ciel.

Il se mire dans une mare ; de ses rameaux noueux il protège quelques vieux saules plantés sur le bord du chemin ; il projette son ombre sur une chaumière dont le toit et la façade à muraille biseaudée apparaissent derrière les buissons.

Rien n'égale les qualités d'art et l'imposant caractère de ce paysage.

Hauteur : o^m,46. — Largeur : o^m,38.

5. — La Mare.

Elle est profonde, mystérieuse, semée de joncs et de hautes herbes ; un chêne tout cassé, tout ridé, penche ses rameaux, pauvres de feuilles, sur l'eau, où deux vaches se tiennent immobiles, flairant l'orage au loin.

A l'horizon, la plaine s'étend à une énorme

distance, les arbres, les maisons, les moissons
dorées se perdent dans les vapeurs informes.

Hauteur : 0^m,16. — Largeur : 0^m,21.

FRÈRE (Th.)

6. — Bords du Nil.

Hauteur : 0^m,21. — Largeur : 0^m,38.

7. — Acropole d'Athènes.

Hauteur : 0^m,12. — Largeur : 0^m,16.

FLERS

8. — Bords de la Marne.

Hauteur : 0^m,29. — Largeur : 0^m,44.

JACQUE (Cʜ.)

9. — Porcherie.

La tête plongée dans une auge, deux cochons se disputent les meilleurs morceaux d'une brouée qu'ont vient de leur servir.

Les animaux aux soies épaisses, aux muscles saillants, superbes de mouvement et d'entrain, se détachent en lumière sur un fond sombre fait d'un vieux mur roux et de poutres noires et tordues.

C'est une des plus belles peintures du grand maître animalier.

Hauteur : 0ᵐ,32. — Largeur : 0ᵐ,41.

TROYON

10. — Environs de Compiègne.

Au premier plan un marais avec un troupeau, plus loin une forêt dont les arbres au feuillage épais forment un magnifique rideau de verdure, où les rameaux tordus des vieux ormes font cent coudes difformes ; puis, tout au fond, à travers une immense éclaircie, de gros nuages blancs couvrent le ciel colorant de tons bleuâtres et violacés les maisons et les bouquets d'arbres qui se perdent à l'horizon.

Cette peinture appartient à la première manière de Troyon, c'est-à-dire lorsqu'il était le plus près de la nature et de la vérité.

Hauteur : 0ᵐ,67. — Largeur : 1ᵐ,20.

CHARLET

11. — La Bonne d'enfant et le Militaire.

Hauteur : 0ᵐ,18. — Largeur : 0ᵐ,17.

DESSINS, AQUARELLES

DUPRÉ (Jules)

12. — La Gardeuse de Moutons.

Dessin au crayon noir rehaussé de blanc.
La bergère est vêtue d'une longue robe à larges plis, une capeline lui couvre la tête, elle est assise sur une élévation de terrain. C'est un dessin de maître dans toute l'acception du mot.

Hauteur : 0^m,60. — Largeur : 0^m,47.

13. — Le Chêne.

Dessin aux deux crayons. Toutes les qualités du peintre se retrouvent dans ce dessin très exécuté, d'une facture pittoresque et splendide de colorations.

Hauteur : 0^m,65. — Largeur : 1^m,05.

*

DUPRÉ (Jules)

14. — L'Orage

Un terrain hérissé de broussailles et couvert
de roches ; sur le sommet du terrain, de vieux
ormes, qui se détachent en sombres masses
sur un ciel où s'agglomèrent des nuées de
formes étranges et qui prennent ces teintes
noires et bleuâtres qu'elles revêtent sous les
premières couches d'obscurité qui suivent l'ab-
sence du soleil.

Hauteur : 0^m,40. — Largeur : 0^m,57.

15. — Hôtel de M. Boyard.

Dessin aux deux crayons.

Hauteur : 0^m,40. — Largeur : 0^m,55.

16. — L'Étang.

Dessin aux deux crayons.

Hauteur : 0^m,32. — Largeur : 0^m,40.

DUPRÉ (Jules)

17. — Paysage (Aquarelle).

Hauteur : 0^m,07. — Largeur : 0^m,11.

DREUX (Alfred de)

18. — Étude de Chevaux (Dessin).

Hauteur : 0^m,25. — Largeur : 0^m,37.

DECAMPS

19. — Brigand turc (Dessin).

Hauteur : 0^m,39. — Largeur : 0^m,28.

DECAMPS (ATTRIBUÉ A)

20. — Saint Jacques.

Dessin au crayon noir.

21. — Saint Mathieu.

DUPLESSIS BERTAUX

22. — Quatre Dessins.

Costumes du XVIIIe siècle.

FLERS

23. — Paysage (Aquarelle).

Hauteur : 0ᵐ,22. — Largeur : 0ᵐ,18.

ISABEY

24. — Départ pour la Pêche.

Dessin aux deux crayons.

Hauteur : 0ᵐ,27. — Largeur : 0ᵐ,42.

25. — En Mer.

Temps d'orage, dessin aux deux crayons.

Hauteur : 0ᵐ,27. — Largeur : 0ᵐ,42.

MEDY (Ad.)

26. — Aquarelle.

Intérieur breton.

RAFFET

27. — Aquarelle (Esquisse).

Fantassins en place repos.

28. — Sépia.

Chiffonniers.

ROQUEPLAN

29. — La Cueillette.

Aquarelle.

ROUSSEAU (Th.)

3o. — Environs de Barbizon (Dessin).

Hauteur : 0m,26. — Largeur : 0m,43.

TROYON

31. — Intérieur de Paysan.

Hauteur : 0^m,20. — Largeur : 0^m,16.

TABLEAUX ANCIENS

DOW (G. ATTRIBUÉ A)

32. — Nature morte.

Les magnifiques qualités d'art, le dessin, la facture, le précieux fini de l'exécution et l'extrême finesse de couleur, font croire que cette toile remarquable est l'œuvre du grand maître hollandais.

Hauteur : 0ᵐ,23. — Largeur : 0ᵐ,16.

TENIERS (ATTRIBUÉ A)

33. — Le Fumeur.

Hauteur : 0ᵐ,19. — Largeur : 0ᵐ,15.

TENIERS (ATTRIBUÉ A)

34. — Paysans flamands.

Rond : 0ᵐ,15. — diam. : 0ᵐ,15.

CLOUET (ÉCOLE DE)

35. — Portrait de Charles IX.

Hauteur : 0ᵐ,31. — Largeur : 0ᵐ,23.

36. — Six Tableaux anciens et deux Aquarelles.

Paris. — Typ. G. Chamerot, 19, rue des Saints-Pères — 15148.

www.ingramcontent.com/pod-product-compliance
Lightning Source LLC
LaVergne TN
LVHW012135170726
843501LV00008BC/3205